Sabine Schiffner dschinn Gedichte S. Fischer

Satz: H & G Herstellung, Hamburg
Druck und Bindung: Clausen & Bosse, Leck
Printed in Germany
ISBN 978-3-10-070212-8

liedgut

wenn der wind mal weht

in meinem garten da
geht der wind
lockt rabenvögel herein und
ratten
in meinem garten da
weht eine melodie
im kirschbaum und über die mauer die
kommt von dem eiswagen der an sonnigen
tagen vor dem haus hält
in meinem garten da
steht ein komposthaufen ganz ruhig da
wartet auf den großvater der tatsächlich
kommt und würmer zieht
in meinem garten da
dreht sich die pfingstrose zur sonne hin
standorttreu sei sie steht im pflanzenbuch
in meinem garten da
geht der wind
trägt mir ein unzufriedenes zu
das murren der elstern
in meinen garten da
geht ein gärtner
schießt raben und ratten reißt
die nesseln beschneidet rosen und holunder
nur die pfingstrose nicht die ist standorttreu
und schmerzempfindlich
mäht den rasen bis auf den
grund
in meinem garten da
geht der wind ich mache
hm hm hm

wo mag denn nur mein christian sein

ein jemand der in meinem bauch wuchs war er einer
der irgendwann ohne dass ich es mitbekam
aus meinem nabel fiel und dann
als ich dachte es sei die zeit der geburt
und alles sei weit und bereit
da war er verschwunden
einer der zwischen meinen zähnen steckte dort
wo die zahnbürste nicht hingelangt
einer der in bremen fortging und
nie in hamburg ankam
und einer der ohne anzuhalten aber mit jacke
auf die straße rannte und
mich alleine stehen ließ mit der kapuze in der hand
atemlos bin ich erwacht
fortan war er der
dessentwegen ich fast gestorben wäre in der nacht
einer der jeden morgen sagte
dieser morgen ist ein murmeltiermorgen
in die schule ging und dort für immer verschwand
einer den ich nach hause kommen hörte
weil er wie immer im treppenhaus
durch die zähne pfiff
aber als ich die tür öffnete um ihm entgegenzugehen
war niemand zu sehen
einer der weil er meinte dass die welt verrohte
am abend und in der pubertät
aus dem fenster zu springen drohte
einer den ich vermisste übers ganze jahr
einer von dem ich nicht wusste
wann sein geburtstag war
ein jemand der in meinem bauch wuchs war er
ich war einmal durch den nabel mit ihm verbunden
doch er ist eines tages ganz plötzlich verschwunden

der spartakusaufstand

in die weser musst du
gehn mit deinem dicken bauch
nun geh schon geh
da treiben einige leichen
nordwärts in
richtung wangerooge
und wenn du im schatten der kaiserbrücke bist schau
nach oben dann siehst du gerade noch
das hinterteil der straßenbahn
in der ein bürgerlicher herr
sitzt hoffnungsfroh mit abgeschossenem
kopf und in dem mundwinkel
brennt die zigarre
gestatten kuhlenkampff mein name
alle hoffnung fährt mit ihm dahin
und posten stehn an jeder straßen
ecke in der alt- und neustadt
kontrollieren patrouillieren
den ausnahmezustand 1919
die großmutter kriegt
wie alle primaner schulfrei heut
sie lässt die langen zöpfe hängen
und läuft laut schubert trällernd
aus der mädchenschule
wo sie die letzten tage
sprachen über schande und dass ein
mädchen aus den besten kreisen
in die weser gehen muss wo es
dann trudelt treibt während ein
mann in einer straßenbahn
die kaiserbrücke überquert

barcarole

als das eis gefroren war saßen
wir fest
so lange haben wir geübt in unseren
kajakclubs auf der wümme wir
glaubten wir seien garantiert
winterfest
eins zwei drei blitzeis hieß
es eines tages kurz vor weihnachten
im radio und dass die binnenschiffe
auf den kanälen in krachendem eis
gefangen sind
jetzt saßen auch wir fest
und die tränen
die uns die kälte entlockte rannen
auf unseren wangen und wurden zu eis
das eis konservierte matrosen
kapitäne und uns die wir immer gesungen hatten
beim paddeln
fast ein halbes jahr ging uns verloren
dadurch dass wir festsaßen einen
winter lang in einem dieser jahrhundert
winter kurz vor dem blitzkrieg und kurz
nachdem es auf den eisberg lief das für
unsinkbar gehaltene
kreuzfahrtschiff

hafentage

die unschuld des momentes der auf
zelluloid gebannt sie später immer wieder
vor die leinwand lockt

mutter vater kind vor
der kulisse des viermasters
mit russischem heimathafen russischer besatzung

der aus sentimentalen und freudigen
gründen zurück in die herkunft kommt

das knarren der wanten neben dem
surren der filmkamera
geruch nach algen und möwen

die eltern stellen sich hin für ein
standphoto

es war eimal ein segelschiffchen
sagt das kind und schaut mit
seiner rosa zuckerwatte in der hand traurig an bord

dem kind bleibt von der geruchlosen zuckerwatte
nichts übrig nur teer und salzwasser

sagt es später waren in meiner nase
an diesem tag
dem letzten tag meiner unschuld

musik

das garagentor fällt ins schloss
in nachbars stube ist
der wind flüstern wir
und gehen hindurch
der nachbar der eben eingeschlafen ist
obwohl das schlafen schwer geht
mit dem krieg im kopf
erwacht
das garagentor neben meinem
elternhaus fällt ins schloss
summertime
singt meine schwester vom
frühjahr bis in den winter
der partykeller mit theke
klirrender dekoration und
der alten musikbox voller singles
von bill haley und roy black wird umfunktioniert
zum proberaum mit eierkartons an der decke
oh when the saints
singt meine schwester
an die wände des partykellers der
ein kuhstall war
als in diesem teil der stadt
noch vor allem bauernhäuser
standen die abgerissen
oder umgebaut und
eingegliedert wurden
so wie dieser
dünnwandige raum der heute
keine ahnung mehr hat von
milch kälbchen dampfendem

stroh und dung
in ihm steht eine kalte luft aus altem
zigarettenrauch und auf dem teppich
verschütteten bierresten
und dort singt meine schwester
oh baby love
erst solo dann setzt die
band ein was den nachbarn der
gerade einmal wieder an die front geschickt wurde
aufweckt er steht auf und geht
aus seiner stube und dann tritt er mit
wut im bauch aus der haustür und öffnet
das ins schloss gefallene garagentor
und geht hin zur tür des partykellers

mit voller wonne

meine mutter lehrt mich
sprechen
denk einfach deine sprache
sei unendlich viele samentütchen
sagt sie und lehrt mich die blumennamen
die akelei
blüht im waldesschatten
sie zeigt mir die kaiserkron
die liebte ich einst
und meinen namen sucht sie
aus ihrem alphabet weil er
der stockrose ähnelt die
nah am haus steht und
dem schmetterlingsflieder
buddleja
und den sonnenblumen
die oft porträtiert zu hause hängen
auch auf so seltsame blüten wie
den sonnentau kommt sie zu sprechen
jeder mensch nicht nur du
die wir dich aus dem moor holten
ist so einzigartig wie der
ein rares gewächs ist er
treibt aus auf rauem grund
meine mutter ist sprechlehrerin
im reich der beete und blumen
und sie singt voller wonne
die rose die lilie die taube
die sonne

geister

the little owl flew through the night
as if the people in the air
were frightened and he frightened them
by being there …

Wallace Stevens

beim blick in die wüste

ein sandkorn auf
dem lid
macht schlieren beim
blick in die wüste
nachts hebt die schleiereule
ab fliegt
über die wellentäler
in denen die dämonen sich
halbwach schaukeln
vom gesang der eule erwachen
die beduinen lauschen und
fallen wieder in ihre träume
mit sand in den augen
die stunde zwischen hund
und wolf ist die zeit der
geister
leise zischend fliegen sie
um die zelte leiser noch als die
schleiereule mit ihrem
hellen totengesicht

mäander

im tal von jericho
dem tell es-sultan
mit seinen einst fruchtbaren gärten
windet sich der jordan wie eine viper
dann sind dort wieder weiten verdorrt
und am rand der wüste steht vor dem
festzelt das schon seinem urgroßvater gehörte
abdul hamid ibn emir hamzeh el-ya'qub
bewegt sich nicht
die quellen im wadi versiegen
die augen der kamelstuten trocknen
sein lieblingssohn sein favorit
ruft nicht länger
nach einem tropfen milch und wasser
eine der frauen sitzt am
lagerfeuer hinter dem zelt und backt
trocken brot
und ihre haare wandern mäandern

shisha

der rauch der pfeife steigt
zur decke auf und knabenstimmen
sprechen sich ein halleluja zu
und mittendrin sitzt du
mit augen schwärzer als die
kohle
und deine
junge lunge saugt den
tabak gierig ein

schneewittchen

als ich mich kennen lerne
bin ich ein kind mit blasser
haut alt seh ich aus altklug
bin ich ohne grund und ziel
und bluten tu ich oft
mal an den knien mal aus der nase
der sommer färbt mich mit weizenton
das mag ich nicht und
wenn es winter ist dann lieg
ich immerzu im
sessel meiner kindheit

wie ich mich langweile
an samstag sonntag nachmittagen
wenn ich leis sein muss bevor
es wieder levinertorte gibt
auf der straße ist diese grauheit
und auch der regennasse park ist grau
der fernseher ist ausgestellt
ich färbe meine haut mit babypuder von penaten
geb meinen lippen einen schwarzen stich
und viel kajal um meine augen
patchuli auch und räucherkerzen

sitze im schneidersitz in meinem jugendzimmer
und warte auf das kaffeetrinken
mit einem selbst gedrehten joint und räucherstäbchen
und inhaliere

ich war ein kind um mich herum
war alles leuchtend alles drehte sich

nur ich blieb
an dem flokati kleben

mein zimmer meine freunde
und mein sessel
flogen lachend zum fenster hinaus

nur ich blieb
von jenen
tagen übrig

der schnuckenbestand

die schnucken sind ins moor gerannt
das rückläufig ist schon seit jahren

unter die schermesser gehören
sie ihr fleisch ist weich ist süß

im moor lichtern sie herum mit
ihren schwarzen dunklen zotteln

morgens früh um sechs das haar der schnucken
langt in dicken nestern auf den boden

wo es sich vollsaugt feucht wird
schwarz und schwer

und an den schößlingen hängen
bleibt den kleinen rosa birken sprossen

die von der morgensonne getrockneten
bulken fliegen schwarzwollig

und leicht neben samen vom wollgras
und dies schwarz und dies weiß machen

eine melange
die eine knochige hand zu greifen

sucht die ist wie hänsels nach vielen jahren
gefangenschaft

die hand die aus dem moor kam nimmt die schwarze wolle
trennt sie von der weißen

gib mir leben gib mir atem eine hexenhand ist das nimmt
das knäuel versucht

den fremden atem einzuziehen der nicht ihr
gehört zieht die luft tief ein die

süße warme luft der moorschafe
der schnuckenbestand ist gefährdet

schatt el arab

heiß ist es hier unter dem dach
der großeltern in den
seltenen warmen blockland
sommern
und wenn die sonne durch
die luke fällt tanzt
der staub wie goldsplitter
in der ebene hinter bagdad
wie dieser ersticken machende
sand in der luft
ich schaue hinaus in den
rhododendrongarten hinter dem haus
dort steht die großmutter
schlägt ihren teppich und ruft
kashan kerman isfahan
schirāz qum täbris bachtiar
hamadan
murmelnd sind sie über
den sand gezogen ohne
einen rest an besitz
als meine stimmreiche großmutter
genug geklopft hat geht
sie ins haus und gießt sich
rosenwasser über die trockenen hände

dschinn

wenn das panorama der nächtlichen
stadt dunkel ist strom gesperrt wird es ist mal wieder
an der zeit zu sparen wie vor bald
dreißig jahren ölkrise hieß es damals jetzt ist
wieder freimarkt und heute
können wir unseren muslimischen freunden etwas zeigen

das karussell dreht sich von ganz alleine
wie von geisterhand bewegt
wenn das bis ins ferne arabien zu sehen wäre zu
hören das sirrende geräusch auf dem
marktplatz in bremen
und wie die orgel tönt dazu

zwei waldohreulen fliegen mit den ketten
um die wette in den sitzen festgeschnallt
leichen aus mehreren jahrhunderten domhütte
dies zischende zwitschernde geräusch der eulen und
die trockenen körper in den sitzen
ohne quetschungen an armen händen fingern

wenn man hochschaut von der kulisse der
schlafenden und wie mittelalterlichen stadt
sieht man am firmament die schwankenden
kreisenden sterne geisterfahrer passagiere
eines gutgeölten fahrgeschäfts das
immer höher fliegt bis ins wüstengefild

in der fremde

für J.

Vous êtes tous les deux ténébreux et discrets:
Homme, nul n'a sondé le fond de tes abîmes;
O mer, nul ne connaît tes richesses intimes,
Tant vous êtes jaloux de garder vos secrets!

Charles Baudelaire

hibiskus

ich möchte wach sein aber
du musst schlafen
du hörst heut abend tango sagst das
wäre die musik nach der dir ist und mich
verlangt es mehr nach stille
und als wir tanzen wollen
trittst du mir immer wieder auf die füße
du schwärmst von duftend und
weißblühendem jasmin
ich hör die mutter klagen über ihn
ich stecke mir hibiskus an
du hasst dies blumen brechen
wo es doch blumen gibt aus plastik und
aus seide
ich les ein buch und du
schlägst deines zu
du sagst das rot auf deinen lippen
steht dir nicht ich geh und wisch es fort
ich zieh ein leichtes weiß über und seh dir an
du denkst mir würde schwarz viel besser stehn
doch du sagst nichts der tag ist lang
beklommen vergehen die stunden
den hibiskus tu
bitte in den müll sagst du
die blumen machen mich allergisch
vor allem in geschlossenen räumen
du legst dich ins bett du brauchst deine ruh
ich bin ganz wach und du beginnst zu träumen

siehst du die hügel in der ferne

siehst du die hügel in der ferne
von nahem betrachtet
sind sie voller bougainvillea und kolibris
voller gelichter und gelächter
hügel im vollmondgeflimmer
haare tragen die hügel
haare aus wildem fenchel
kerbelstückchen spitzwegerich
und sehr trockener staub ist da
manchmal schütteln sie sich
und fallen
mit allem gelichter und gelächter
in ein tal zwischen den
hügeln dort sitzen bisam kaninchen
und coyote ganz still und warten
in ihnen schlägt
indianerzeit und sie
zittern
der laser tastet am abend
den himmel über der bucht ab
schweigsame lichter über der rasenden
stadt der tosenden stadt
über der die hügel stehen
von denen aus
alles zu sehen ist

in der fremde

jetzt fängt der regen an und wandert auf den
pazifik hinaus in richtung horizont
vor dem das flugzeug eben auffliegt
mit blinkendem orangelicht
in die nacht
einer sagt du kannst ruhig
fahren sei unbesorgt ein anderer sagt
ich kann nicht ruhig sein wenn du
fährst pass bloß auf dich auf und
die mutter sagt sei vorsichtig von
wegen partys und auch drogen
jetzt wird das wetter
elektrisch und es setzt
blitze auf den roten himmel
und auf die wogen am strand
vor santa monica
unser haus
bleibt davon unbeleuchtet ebenso
die häuser der reichen
auf den hügeln die voller
kapuzinerkresse und
rosmarin sind
und jetzt schreibt das kleine flugzeug
etwas aus kerosin
an den verdunkelten himmel hin
zu lesen ist es im zeitlupensinn
da steht
pass bloß auf dich auf
in der fremde

die gesichter der kinder

die gesichter der kinder
auf dem nachtschrank neben meinem bett
mit den blanken photographieaugen
ihre spielenden stimmen
vor dem fenster
aber wenn ich aus dem fenster sehe
sind sie nicht da und
es sind nur lauter menschen
die in einer mir unbekannten
sprache miteinander reden
die blicke der kinder die mir
folgen ins bett in die
badewanne ans fenster
an das ich trete
und hinausschaue und
immer geradeaus bis
die gesichter der kinder
nicht mehr zu sehen sind

ein hochzeitsgedicht

die sonne kam auf und
die braut war blond und
sie strahlte die sonne
strahlte und die braut
war schwarz die braut
war schwarz und die
sonne fehlte die sonne
fehlte und die braut war
rot die sonne knallte
rot war die braut und
sie sang ein lied während
die sonne fiel die sonne fiel
und die braune braut sank
im wald am rhein
zu boden die braune braut
sank zu boden während
die sonne verschwand

kryologie
(die lehre vom schnee)

von wilson a. bentley aus montana
wird berichtet er habe wenn er nicht
eben klarinette spielte die kamera
zur hand genommen und sei mit ihr
raus aus dem haus und in den schnee getreten und
habe zärtlich flock' um flocke aufgefangen
und vor die linse komplimentiert wo er sie
dokumentierte bevor sie wieder wurden was sie vorher
waren nämlich ein tropfen halb gefrornes wasser mit
einer gänsefeder hingewischt sie stellten sich
als stern mit viel verschiednen enden dar
oder dendritengruppen mit diversen
plättchen oder als strahlenförmige
gebilde mit abgebrochnem arm
mit reif als säule als pokal und nicht zuletzt als pyramide
unendlich kristalline formen

wilson a. bentley hieß bei seinen
nachbarn snowflake sie
lachten hinter seinem rücken über ihn jedoch sie brauchten
ihn und seine klarinette für die konzerte
in der kirche sie hielten
es für lächerlich das festzuhalten was
sofort wieder vergeht und dass er sich
so sehr gezwungen sah es festzuhalten
machte ihn fremd
sie wussten nicht dass er die flocken
nicht nur sah sondern auch hörte
wie die musik die seine klarinette
spielt

andromeda

das ist der letzte punkt
der gerade eben noch zu sehen ist
in hellem sternennebel steht sie
sobald der winter kommt schon wieder da

so unerreichbar fern auch für
diejenigen die mit millionen dollar
den flug mit fähre oder shuttle wohl
bezahlen könnten

stetig erleuchtet sie das land nur in
die stadt dringt sie nicht vor in der
anstelle frieden handy herrscht
in einkaufsstraßen voller

kerzenlicht elektrolicht und digitalem funkeln

vom freien feld aus zu dem gelangt
wer letzte mauern hinter sich gelassen hat
nur langsam gehen muss man weil es winter ist
und kaltes wehen über den stoppeln

von dort aus ist am firmanent andromeda
zu sehn im nebel schlittschuhlaufend eisbeflügelt
ein letzter punkt der sich bei mond und schnee
auch unten auf der erde spiegelt

schatten

das haus im schatten das am
see liegt
der raum in dem die dichterin
ihr letztes wort gesprochen hat
die motorsäge die vor sonnenuntergang
die kranke föhre fällt
die steilwand die die glut
der abendsonne jetzt erhellt
die sprache dieses hauses das zum
see hinunterschaut schon mehr als hundert jahr
der park der immer eine
wildnis war
die ziegen die am abhang vor dem haus auf
stümpfe steigen
die wolken hinterm berg die
richtung salzburg weisen
der nebel dort am see der nun das
haus in schatten taucht
das haus aus holz vor meiner
zeit erbaut
das haus in dem ich sitze und
an früher denke
das haus im schatten das am see liegt

die stunde ihrer geburt

oberhalb des golfplatzes ist der bär
der an die toten soldaten erinnert
beim bäcker wird zur weihnachtszeit
ausschließlich stollen gebacken und
in der fleischerei nebenan sind
leberknödel im angebot
die eisdiele steht verlassen
malaga und cassata
gibt es erst wieder im neuen jahr
und aus dem wasser kommt die familie
von thomas mann als seien sie
alle selbstmörder
nass von der durchquerung des
halb gefrorenen starnberger sees und des atlantiks und sie
gehen mit erschrocken tropfenden kleidern über den golfplatz
hoch zum hotel kaiserin elisabeth wo der
lohndiener thomazs mit kleiner verbeugung
die tür aufhält und herzlich willkommen sagt
und so tut als sei nichts gewesen die letzten hundert jahre
und der empfangschef küsst frau katia die hand
schön sie wiederzusehen gnädige frau
zur stunde ihrer geburt

die fischersfrau

und unruhig am strand wie
die erdkrebse flüstern
und krabbeln unerkannt von
gehäus zu gehäus
morgens ist mein mann ausgefahren
abends kam er nicht wieder
die reusen hatte er voller granat
voller scheren fühler beine
sie steht mit beben am strand
wo die krebse in ihren panzern murren
das licht über der see verheißt
kein gutes jahr
in zeiten wie diesen
fliehen die fische
der mann mit den horizontaugen
der das segel setzte um auf fang
zu fahren schob das boot schweigend
in die flut die
ihn fortführte ich half ihm
beim hinteren bug fällt der frau ein sie
schob den kahn mit dem mann ins
brandende wasser das ihn
forttrug
und unruhig geht sie beim
sternenaufgang den strand entlang
und spricht vor sich hin deine
horizontaugen sind so dunkel
wie das wasser

schimmel

wie können wir den flügel der
über das meer kommt in
die berge bringen
von wo er dann wieder auf das meer sehen kann
diesen flügel aus der alten
deutschen pianomanufaktur
ein haus in das er gefügt werden könnte
steht da und wartet lange schon auf ihn
eine schattige kartause
das klavier mit seinen glänzenden tasten
soll wenn es da ist
im haupttrakt stehen
gebracht wird es per schiff
in einer wasserdichten kiste
daneben steht ein transporter darin wiehert
ein helles pferd vor freude
pferd und klavier kommen an
nach langer fahrt übers meer
das klavier wird aus seiner kiste genommen von einem
kran angehoben fliegt es hoch in die luft
als wolle es in den himmel aufsteigen
wie die göttergleichen gäule des ikarus
leicht und befreit hängt es
in den seilen am hafen
und wartet
auf einen der sein liebhaber ist
auf einen der es herunterholt auf einen der es spielt
auf einen der es in die berge bringt
auf einen der es dort stimmt auf
einen der sagt so jetzt stimmt es
wie es in dem haus am meer steht
in das es mal so gerade eben hineingeht

tordo

die vögel die aus
tschernobyl kommen sind
flügellahm sagen die
insulaner und sagt eine
berühmte schriftstellerin aus der ukraine
die im exil schon mehr als 80 bücher geschrieben hat

auf mallorca herrscht eine angst
diesen sommer und auch die letzten
sommer selbst die brütendste hitze
treibt die angst nicht aus
es ist als wenn uran fallen würde aus ihren flügeln

chant mon petit oiseau
singt meine 80jährige großmutter
die zwei weltkriege tschernobyl und den tod
aller verwandten ihrer generation überstanden hat
mit lustig gesprenkelter gesichtshaut
diesen waterkantblauen augen und ihrem goldenen herzen
und streut jeden tag wieder neuen vogelsand in die käfige

chant pour moi
wenn ich fliegen könnte ins ferne mallorca
was ich gerne täte auf flügeln des gesanges
leicht wie die rotdrossel die beliebt ist im
mediterranen gefild

und sie denkt an die leicht zerbrechlichen
röhrenknochen der wacholderdrossel die ihr vater mitbrachte
von der jagd um die jahrhundertwende aus seinen
satteltaschen zog er die gefiederten dinger die

schmeckten nach schweiß schrot und leder sagt sie
wir machten daraus einen schmackhaften mittagstisch
krammetsvögel mit klößen

die rotdrossel mag keiner mehr fangen
seit vielen jahren ist ihr fleisch verdorben sie
sitzt wieder in großen schwarzen schwärmen in
den parks von palma dynamit nehmen sie
zum vertreiben aber sie kommt jedes jahr zahlreicher

gefangen werden sollte sie und aufgegessen wie
in den unschuldigen zeiten
als es tordo gab in allen restaurants rund um die parks von palma
aber heute schmeckt die rotdrossel nur noch nach schrecken
und nach atom

fischchen

heute treibt die tramuntana
die see an der felsküste hoch
und dort wo der fischadler
seinen horst betreibt
tauchst du auf und schaust
mich an mit wassermannaugen
und jetzt erklingt das lied
ich will meine seele tauchen
kaltes wasser umspült unsere
glieder
und ich versinke
und etwas
silbrig wirbelndes
ein schwarm kleinster mittelmeerfische
schwimmt
immer in mich hinein aus mir hinaus

miramar

wir verschliefen den tag um auf etwas zu warten
unser haus war voller laute
die glocken des paradieses ein
knistern im klavier klammheimliches
stöhnen der liebe und der enttäuschung

wir lagen unter unseren spanischen laken
auf dem rücken und wie tot
manchmal legten wir uns aufeinander
deine nackte haut an
meiner nackten haut

du schließt die fensterläden
damit die palmen nicht hereinragen
und hast es schon am vorabend gesagt
jetzt ist schluss mit lustig im bett
der wasserhahn in der küche tropft

bevor es abend wurde sind
wir noch einmal zum aussichtspunkt
gefahren von wo aus
wir die sonne im wasser
versinken sahen

kirschen und küsse

ich weiß nicht mehr was ich
geschrieben habe
ich weiß nicht mehr was ich
gelesen habe
ich saß in des baumes höchstem
frühlingswipfel und habe
mich befingert
und der klebrige saft rann dann
einfach an meinen beinen hinunter
die mutter rief mich zum abendessen
die kirchenglocken zur eucharistie
ich habe doch nicht nachgedacht
ich war ein kind
mit mir saß im kirschbaum
mein schon damals latentes verlangen
ich mit dem stift in der hand

winde wehn

das boot das in der bucht vor anker liegt
geht immer auf und nieder
die leeren hefte auf dem tisch
am fenster flattern
und lose läden klappern an die wände
der wiedehopf puput genannt ist eben
gerade fortgeflogen
im swimmingpool treiben die letzten
überreifen feigen
des langen sommers ende naht
der oleander ist ganz schlapp
das telefon liegt wie nervös in einer hand
die will schon lange nicht mehr schreiben
und eine nummer die sie wählen könnte
fällt ihr partout nicht ein
das segelboot am horizont
verschwimmt im schaum der kronen
die wedel von der palme
die unser haus in dem wir erst seit kurzem wohnen
markiert schwingen vorm fenster hin und her
als wollten sie sie greifen
die glocken in dem dorf am hügel läuten
den mittag ein
die frauen aus dem nachbarhaus
liegen zur siesta träumen
arges und schönes in langen
stunden und in ihren räumen
klingen die lieder wieder
die sie in den vergangenen nächten sangen
das boot das in der bucht vor
anker liegt geht immer noch auf und nieder

dein haus auf dem hügel

der scirocco weht um dein haus
er dringt ein
ein architekt sagte einmal zu dir
dein haus sei ein alter kahn
dein haus zittert es bebt wenn der nachbar
den du den falschen spanier nennst
mit großen schritten den weg entlanggeht
du sagst gleich fällt das haus um
tags träumst du das haus würde brennen
nachts wachst du und lauschst auf die feuerwehr
es riecht feucht in deinem haus
das treppenhaus ächzt und knarrt
wenn dein vater die stufen herunterkommt
den nur du hören kannst
du freust dich denn der vater hüpft heiter
das haus knarzt und kracht
du vermutest es sei auf sand gebaut
das zieht dich zuweilen runter
aber das haus steht auf fels und stand immer da
es altert
einen bürgerkrieg
hat es überlebt deine
großeltern fünf generäle einen
diktator jede menge präsidenten und
einen könig der seiner mätresse wegen
oft in die nähe des hauses kam
als eine blinde scheibe in der eingangstür zerbricht
sagst du nicht
das ist der anfang vom ende
sondern du sägst
zufrieden weiter
in deinem weißen haus
um das der scirocco weht

les cloches du paradis

die wolle der schafe
liegt hinter dem gatter
und schrumpelt
sieben wochen ist die schur schon her
wenn die schafe zum fenster
hereinschauen schauen die
fenster zu den schafen hinaus
fenster mit
roten läden wie in
ägyptischer nacht
die schafe schauen
als wollten sie sich im haus ins bett legen
wenn die nacht weht
gegen die läden und
sie zuschlägt
stehen sie weiter draußen
gleichmütigen blickes
geschoren
wenn
eine böe einen zipfel
des von ihren besitzern achtlos
fortgeworfenen wollzeugs hochhebt und
fortträgt stehen sie
die keinen schnee kennen
in den tanzenden flocken
und springen
laut mit den glocken läutend
den hügel hinauf

der wiedehopf

nachdem die ratten das
dach des weißen hauses
verlassen hatten ließ sich
der wiedehopf nieder auf dem first
reckte sein königliches haupt
in die höhe
baute ein hingehuschtes nest
für frau und kinder
den schatten des schopfes
des wiedehopfes wirft
die hinter dem puig mayor
untergehende westsonne an die
wand des weißen hauses
und einige verirrte schwalben
umschwirren das dach
das wiedehopfpaar fängt an
zu brüten und
in der sonne zu stinken die
vogelkinder sehen unter stinkendem
schopf wie die eltern
kerbtiere insekten käfer
heranschaffen die stopfen sie den
kleinen in ihren hungrigen
schlund vom aufgang der sonne
bis zu ihrem untergang im westen
bis zum verschwinden des lichtes
wartet der wiedehopf sitzt
mit langem sachtem schnabel
neben seinem mit jugendlichen
wiedehopfkindern voll besetztem
nest auf dem first

im herbst dann wenn
die sonne anfängt
früh zu verschwinden und schon am nachmittag
schatten um das haus zu winden
werfen die von ihrer langen wanderung erschöpften
ratten das jetzt verlassene wiedehopfnest
vom dach

vogelzug

wolkenbänder

für Thomas Kling

über fasan rebhuhn und birkhahn
streckt der himmel seine
hände aus
das kollern des federviehs bleibt einsam stehen
die autobahn macht dieses
hintergrundgeräusch
am horizont warten
zur untätigkeit verdammte mühlen
auf bessere zeiten der
himmel weiß noch nicht wann
die kommen und wieder streckt er
seine hände aus diesmal
über die alte raketenstation bei neuss
findlinge steckt er in die abgeernteten äcker und
wolkenbänder legt er um
die köpfe von birke und kiefer
unter denen fasan
rebhuhn und birkhahn huschen

fasan

wenn der fasan auf schnellem bein daherkommt
wenn der fasan seinen kopf
streckt aus der hecke wenn der fasan hüpft
aus dem gebüsch schlüpft
über den weg läuft
ruft sucht wasser säuft
wenn der fasan am weg zum strand vor einer distel stockt
wenn ein weibchen ihn über die dünen lockt
wenn er hockt hoppelt hinkt fliegt
wenn der fasan einen rappel kriegt
wenn die inselgänger anfangen
fasanen zu schießen
wenn wellen roter einschusslöcher
wie wilde rosen
aus braunem federkleid sprießen
wenn der fasan
zum rupfen bereit
ausgebreitet daliegt
mit sanft
gespreiztem bein

so sternklar

wildgänse sind nachts über köln geflogen
und der november
treibt blüten am rosenstock
fledermäuse lecken in der dämmerung
an den nicht abgepflückten quitten
die kerze hinterm fenster
suggeriert den späten herbst
das wetter kapriolt
die eisverkäufer aus dem rheinland
wollen dieses jahr
erstmalig nicht gen süden ziehen
und an der küste treibt ein sturm
das wasser hoch zu mauern
den herbstsensiblen legt er schwere träume
zum einschlafen ins bett
die blüten an dem rosenstock werden allmählich
braun sie überdauern
diese nacht nicht die
einen morgen bringt mit
braunen rosen ohne duft mit
einem horizont der brennt
und einen tag einläutet
der angesagte zwanzig grad hat
und vogellose laue luft

der waldrapp

einen ganz kahlen schädel
hat er schwarz ist der
wie der böse aussieht
wie der rabe im märchen
findet das mädchen
und weil es dabei ist und noch nicht
schreiben gelernt hat zeichnet es neben
den waldrapp
ein zwei drei pfauenfedern
der letzte europäische schopf des vogels der
den wald hasste
liegt im naturhistorischen museum
wo ihn die motten verschonten
einst wohnten die waldrapps nördlich
von köln träumt die mutter
und erzählt es am frühstückstisch
als sei es wahr
der waldrapp macht
schnapp schnapp
dieses einzigartige präparat ist wohlerhalten
freut sich der ornithologe
es könnte doch
auch mal gut gehen
nicht immer muss die geschichte dagegen stehen
der präparator nimmt ihn
stopft ihn aus
das tiefgefrorene ding aus afrika
schopfibis heißt er da
und heilig ist er
weder mädchen noch mutter wissen dass
die ägypter die allesamt ärzte waren

mit ihren wachen hellen schwingen
um das neugeborene kind ins
leben zu singen

vorhänge

der steinkauz ist mitten
durch das zimmer geflogen und
das in der nacht sagt die mutter
am nächsten morgen und mit
lächelndem gesicht heute begehen wir
den todestag eurer
urgroßmutter

der uhu auf dem in leder
gebundenen arm des mannes
schaut aus
unbewimpert roten augen in
den himmel er erwartet
die aufforderung
zum abflug

komm mit komm mit hat der
steinkauz gerufen
ist sich die mutter sicher
und zum beweis zeigt
sie die lose hängenden vorhänge
sieh her hier ist die lücke
gerad groß genug für den einflug

auf einem pfosten am rande des
blocklandes saß in den 60er jahren
eine schneeeule die sich
verirrt hatte abgetrieben wurde
aus dem schneeeulenland und nun
angezogen von der mäusepopulation
schweigend wartete

sie schwamm in der hellen
februarsonne

ich habe mich vielleicht erschrocken
sagt die mutter wenn auch der
kauz anfangs lautlos flog doch
als er anfing mit dem komm mit
und seine augen mich anglühten
dachte ich this is the end

einmal als die sibirischen gänse
die seidenschwänze und buchfinken
ruhten war auch ein waldohr
eulenschwarm in dem birkengehölz
im blockland sie saßen in erstarrter
februarnacht da mit
offenem aug bis zum morgen

linné

und auf ihre weise rufen
sie leise komm mit und
fliegen über das fußballstadion entlang
der ebenen und windräder mobilfunkmasten
vor köln
leise leise
über den liebgewordenen rauch des kohlekraftwerks
richtung süd
wohin die reise führt weiß keiner
vielleicht stürzen sie sich und versinken in den
feuchten sümpfen und tauchen
erst im frühjahr wieder auf meinen die alten
die jungen aber sagen wenn die
globale erwärmung so weitergeht
bleiben sie bald ganz hier

manien

in memoriam
Berit Barbara Böhm (1966–2002)

aus der tiefe

es ist der brief der niemals kommen sollte
es sind die stoppelfelder die ums
dorf rum gehn
es ist die freundin die ins telefon
geweint hat
es sind die schwarzen eichen die am
graben stehn
es ist das schloss am dorf das alle fürchten
alle sehn
die freundin die im schlosspark singt
mit offenem haar das weht
und immer wieder stille die vom dorf
ausgeht
es ist dass hinter allen fenstern allen
türen einer steht
es sind die stoppelfelder die nun
abgeerntet werden
die freundin die mit klammen händen
walzer spielte am klavier
es ist dass wir zu schüchtern waren
um zu tanzen
sie sagt
es sind die seltenen gelegenheiten
wo du dich frei gefühlt hast und
du hast gedacht du seist umworben
es ist der brief die freundin ist
gestorben

wo liegt mein rotblühender garten

fragt sie sich als der winter der sie schaffte mit seinem
ohne licht nicht aufhören wollte zu wüten
wo ist mein gartenhäuschen mein glückshäuschen
das mit dem stabil gebauten türrahmen aus der vorkriegszeit
einen rahmen wie diesen kriegst du nicht wieder
stell dich unter ihn einen rahmen der schmückt auch bei erdbeben
du wirst schon sehn
auch im heiligen köln bebt schon mal die erde
stell dich in den rahmen
und knots heißt das buch aus dem internet
das ist sonst mehr was für segler und welche von der küste
die knüpfen doch schon mal eher
das buch lud sie sich runter
lernte es auswendig wie ein gedicht jetzt liegt es im
kopf und wartet einige knoten hat sie nachgeknüpft
obwohl sie handarbeiten immer hasste

in köln ist alles früher als anderswo wegen
der überaus günstigen tallage
weswegen man es
und wohl gerade auch wegen der erdbebennähe für eine art arkadien
hält wo sie früh perlonstrumpfhosenlos
herumzieht ihr garten liegt nicht nur in einer günstigen zone sondern
womöglich auf einem verkehrsknotenpunkt aus der römerzeit
für altsprachliche wichtig steht im atlas von vor '38
zur einschulung dem vater überlassen
das interesse für die zeit lässt ihr keine
ruhe ich bin eine von denen sagt sie sich
ich bin wie helmut kohl die mit der gnade der späten geburt
manchmal denkt sie helmut kohl sei der größte worterfinder der
nachkriegszeit und sie erinnert

sich immer wieder an diesen einen moment
als sie merkt dass sie schläft schon die ganze zeit
und träumt und dass sie aus diesem schlummer
nicht mehr erwachen wird

der vater als er mal kommt zeigt
ihr die stelle wo oder und neiße sich
verknoten so war es damals aber den knoten den
sie ihr wegmachten unter der brust den will er nicht sehen so
stark ist meine sehnsucht denkt sie hinterher so bleibt nur eines
das gartenhäuschen aufsuchen meine parzelle
den rotblühenden garten der
ihr versprochen wurde ich habe keine zeit mehr in mir
sagt sie in den nächten wenn sie suchend jemanden trifft
und jetzt auch schon an den tagen
wenn sie alleine sitzt auf der bank vor dem
häuschen mit dem stabilen türrahmen
durch den außer ihr niemand eintritt
wenn ich in diesem türrahmen hänge auf flügeln des gesanges

der zwerg ist schuld

ihr beiden mädchen seid wie
schneeweißchen und rosenrot
sagt die mutter auch wenn
eine von euch später den
kopf in die schlinge legte

der bär kommt den berg
herunter stößt uns an brummelt
in unseren betten eines im schneeweißen
bettzeug das andere nebenan blutrot
hinterher roch es nach urin

das war der zwerg der betrunken war
ihr habt ihn in euer bett gelockt darin
schlafen lassen sagt die mutter
die aus der ferne
alles besser weiß

meine schwester ist im märchen geblieben
sie kriegte es nicht anders hin sie
legte ihren kopf in eine weiche schlinge
die mutter sagt der zwerg ist schuld
daran dass sie sterben musste

wie schneeweißchen und rosenrot waren
wir wechselten unser bettzeug täglich aus
nun ist meine schwester so lange tot
und immer noch ist in den betten
der geruch nach bär und urin

fiebern

nimm die arme hoch
zeig deine
krankheit diese mäandernden
menetekel mondzeichen

bin müde zum tode trage
meinen trauermantel manche nacht
leicht so wie schmetterlingsflügel
ist er

nimm die arme leg sie an beiden
seiten deines kopfes nieder streck deinen
körper aus den blassen
erschöpften

windschattig bist du fliehst mit dem abend
nimmst die sanften berührungen der
krankenschwestern hin die
dich mal hierhin mal dorthin drehen

und dich und die flecken vor dem
wundliegen bewahren
sie schenken dir
tabletten ein

bist müde fliegst fort
denkst nicht ans wecken
lässt dich von dieser hellen nacht
mit kühle bedecken

auf einer burg

regenschauer gehen drüben
die hochzeit führt am berg entlang
die braut hat depressionen
die bahn fährt bald den berg hinauf
vorüber an
eseln weißen braunen grauen
eseln gesattelt und gezäumt
die braut nimmt nicht die bahn
weil ihr das fahrgeld fehlt und sie
nimmt auch kein reittier weil
sie an tierhaarallergie leidet
sie trinkt keinen sekt und raucht
nicht wie sonst unbändig und
viel zu viele zigaretten weil
dieses ihr hochzeitstag ist und auf
diesen die hochzeitsnacht folgen soll
die hochzeit geht
am berg entlang die bahn
passiert die gesellschaft
und fährt ungerührt weiter
zur spitze des berges
auf der der einsame alte ritter sitzt
oberhalb der sicherungs
maßnahmen der nordrhein-westfälischen
landesregierung die anfang der siebziger die
letzten steine rettete
und stützte mit viel zement
jetzt kommt die bahn an
beim drachenfelsmarionettentheaterdrachen
gleich dort wo man den herrlichsten blick hat
ins rheintal und auf den rhein da

fährt eine hochzeit im sonnenschein
musikanten spielen munter
und jetzt rattert die drachenfelsbahn wieder bergab
erst langsam dann immer schneller werdend
in ein unglück das alle mit hineinreißt
im tal steht die braut mit schmalem blick
auf einmal hat sie keine
depressionen mehr auf einmal ist sie
manisch

tryptichon

1. mach mir mut

das was mal übrig bleibt von dir
hier in köln ist nur die kunst sagt sie
mit schwerer zunge weil man ihr ein
zuviel an tranquilizern antidepressiva
muntermachern gab

nichts bleibt von ihrer
schönheit übrig
als sie zerfetzt vom rade fällt
und die versicherung
zahlt ohne zu mucken

sie legen ihre hände so
dass es lebendig aussieht und immer
schau ich hin und warte auf ein zucken
greisinnenfinger juvenil
jetzt an den spitzen schwarzblau angelaufen

schönheit vergeht aber die kunst besteht
schreibt einer unter ihr kinderphoto

2. madonna

komm erbsen lesen sagt meine mutter um mich abzulenken
und beugt sich über die asche und haucht
in die glut in die ich greife mit angebrannten fingern
du bist noch jung mein töchterchen
du meine kleine erbsenblüte

vergiss es nicht ein jeder samen steht für
ein unglückseliges jahr
nur eine erbse ist anders als die andern
wenn du sie isst kannst du dir was wünschen
visionen haben farben sehn
in andere welten wandern

blütenblau der mantel der muttergottes
milchgrau die verschleierten augen der neugeborenen
gleich nach dem austritt aus dem geburtskanal
blutrot das sekret der purpurschnecken
im mantel aus hermelin der königin
das grün des palmzweigs den du am letzten
sonntag empfängst und über den türrahmen hängst
der rosa grund der agnusdeirose
und die weiße farbe der madonnenlilie
deren betörender duft
übelkeit hervorruft

3. die muttergottes

die dieses jahr an einem dienstag zum
himmel auffährt atmet ein letztes mal
den duft der welt ein bis er ihr vorkommt
wie der duft von wicken und nimmt

mich nicht aber die freundin mit
die blütenfreud und traumleid
und manche abtreibung mit mir teilte
in einer zeit aus elfenbein

kurz vor dem abflug rief sie noch ins telefon
ich bin es keiner hört mich
es gibt kein wiedersehn und es gelang
als sie allein im badezimmer war

in ihrer wanne aus nussholz
wie schlafend liegt sie nun da

aniversarios

und auf der straße in die dunkelheit
an ihrem jahrestag
der immer wieder kommt
pünktlich so wie das amen in der
kirche so sagte sie als sie noch
selber jahrestage feierte
jetzt steht sie plötzlich da
im licht der scheinwerfer
als sei sie niemals fort gewesen
geht hin wie vor ihrem hochzeitszug
und mit orangen
in der hand sie kommt vom meer hoch
durch olivenhänge
vorüber an johannisbrotplantagen bougainvilleen
und an zitronen und orangenbäumen
nimmt einige orangen auf
ihr duft ist in
der warmen abendluft ich meine ihn
zu riechen wie sie dort auf
der straße steht
ganz kleiderlos inzwischen mit
ihren nackten kleinen brüsten
sie sieht mich an ist hier so
weit entfernt von da wo wir uns zuletzt
sahen und wo wir lachten weil wir meinten
nie würde uns je etwas trennen
so steht sie auf der straße in die dunkelheit
im licht der scheinwerfer
an ihrem jahrestag

genien

Wie wenig nütze ich bin,
ich hebe den Finger und hinterlasse
nicht den kleinsten Strich
in der Luft.

Die Zeit verwischt mein Gesicht,
sie hat schon begonnen.
Hinter meinen Schritten im Staub
wäscht Regen die Straße blank
wie eine Hausfrau.

Hilde Domin

des dichters handarbeit

wenn du ihn fertig gefaltet hast
häng ihn am seidnen faden auf
dann kann er im warmen hauch schaukeln
in deiner küche
neben der lichterkette
die schon seit vielen monaten
an deiner decke hängt

wenn du gut mit ihm auskommen willst
dann solltest du folgendes beachten
behandle ihn liebevoll striegel ihn
fütter ihn täglich gib ihm
hafer möhren marzipan
und zuck zusammen
wenn er mit den hufen scharrt

und jede nacht mindest ein ausritt zum himmelszelt
zu seinen weidegründen
denn wenn pegasus dir nicht mehr
wohlgesonnen ist bleiben in deiner welt
die musen aus die er
mit einem scharren seiner hufe
rufen kann

der schweif

am himmel steht geschrieben
alles ist ein hauch und manchmal
bringt dieser himmel etwas kleines
unblutig in weichem leinen
unter weh und ach steht
seine geburt

bei der anderen geburt in köln-hohenlind
sagt der chefchirurg so und jetzt machen wir
einfach den reißverschluss auf und
anschließend wieder zu und während er
schneidet und hebt
scheint sein eines auge auf die wunde zu
schauen während das andere in die
luft wandert und an dem roten
punkt richtung südost hängen
bleibt der in diesen wochen
so deutlich am abendhimmel
steht und der mars heißt

das was wir eben taten
nennt man einen kaiserschnitt sagt er
mit blick ins all
du kriechst du
bist aus einem leib gezogen worden
deine haut traktiert dein kopf
gerissen deine augen geblendet
das nennt man geburt

am abendhimmel über bethlehem
wohin einer gelangt der

bis zur haltestelle jerusalem süd
mit dem bus fährt aussteigt
und zu fuß gen südost über die felder läuft
an diesem wegen kriegszustands
verdunkelten abendhimmel
über bethlehem ist ein stern
gesichtet worden
eine marssonde oder
sagen die leute und wünschen sich
heimlich etwas womöglich auch ein komet

am treppenende

mit deiner tochter auf dem rücken
gehst du hoch
hast du heute noch gar nichts
geschrieben und wenn ja warum nicht
steht dir dabei schuldbewusst in den augen
dein status als künstlerin
schützte dich lange vor
allzu viel stufen
aber jetzt fühlst du dich schutzlos
und siehst zum
licht das von oben kommt hoch
immer vermutest du
ein brennen am ende der treppe
man sagt du könnest
über nichts anderes schreiben als
mondschein abendrot morgenrot
meer und meeresstrand schneelandschaften
kirchhöfe klippentäler und ähnliches
du hast einen krampf im bein
und du sagst je refuse
nimmst magnesium bevor
du die stufen hochsteigst
das soll auch die nerven
beruhigen die
flattern inwendig
äußerlich bleibst du ruhig du
brauchst die kraft für das
was du trägst
deine tochter die die linien sieht weil sie dir
nah ist linien die das haus
in dem die treppe steht

in dich schlug
eben hast du dich am
treppengeländer festgehalten und
tief luft geholt du fühlst dich immer so
als habest du keine aufgabe wie eine
frau fühle ich mich die zum brennen geht
sagst du

was schreibst du denn da

zeig mal her
sagt die mutter als sie
in mein jugendzimmer tritt
und mach gefälligst die musik aus
wenn ich
hereinkomme das lied
ist ja fürchterlich
ich halte den plattenspieler an
und zeige das papier
da steht doch gar nichts
das blatt ist ja leer
ich habe ja nur mehr
so getan als würde ich schreiben
antworte ich und
schaue sie wie
unbefangen an
die mutter schaut seltsam zurück
und geht zum glück
wieder aus dem zimmer
als sie die tür schließt
nehme ich die feder
und tauche sie wieder
tief in das glas mit der zaubertinte

karyatide

und kopflos ohne
den deckel der jedem topf zugehört
nur ihr nicht
stützend trägt sie
die arme erhaben
das haus aus
familie arbeit und wahn
dafür lohnt es sich ins
fitnessstudio zu gehen
etwas dazuzuverdienen
als allein erziehende tut sie das
alles weil alle es tun
gegen abend wenn ein goldenes
ostlicht sich im haus gegenüber fängt und
von dort gespiegelt wird auf ihre wohnung
steht sie am fensterkreuz
mit nacktem blick und sie hebt
die arme ganz langsam
ihr ist als könne sie sich so entspannt fühlen
da wirft ihr körper einen schatten und weil
sie philologisch gebildet ist sagt sie
griechisch ist der und an die zweitausend jahr

weißtannenwälder

weißtannenwälder ohne
böse geister sagt die mutter
kannst du beruhigt und auch mal
alleine hindurchgehn

still ist es totenstill je weiter ich durch
die wälder gehe desto schmaler und dunkler
wird der weg an dem nichts wächst außer
den pfahlwurzeln der weißtannen ins erdinnere und immer tiefer

weißtannenwälder sagt die mutter
waren es in denen wir spielten
noch und noch rotkäppchen und der
böse wolf bis mich ein hund biss

geh geh schon schickt sie mich fort
bring beeren und pilze und vorher
brauchst du nicht mehr nach hause zu kommen
aus dem weißtannenwald den es schon lang nicht mehr gibt

schlossgedichte

Wer jetzt kein Haus hat, baut sich keines mehr.
Wer jetzt allein ist, wird es lange bleiben

Rainer Maria Rilke

die nacht ist eine klette

der abend kam mit schwarzen
kreisen vor dem einschlafen
ein käuzchen ist mit
schreien um das schloss geflogen
die schwalbennester kleben nun verwaist im first
septemberkraut setzt weiße spuren
in das dunkel
der igel sucht sich lautlos einen wurm
fledermäuse schwirren
und alle vögel fliegen
heim ins schweigen auch
im reihernest im horst der eiche ist bald frieden
die nacht beginnt zu schreien
schreit mit dem käuzchen um die wette
die nacht lässt ihre federn fallen
die nacht ist eine klette

der alte jüdische friedhof

sand sand alles sand
die kiefernwälder bei kossin
haben hellwache denkerköpfe
die neigen sich deutlich
richtung südost wohin
der wind sich schlängelt
eine richtung sucht für die erinnerung
alle wege führen durch den wald
und die wege im wald
sind mit feuerstein und nägeln gepflastert
unter den stämmen der kiefern
an denen etwas rotes wächst
sammelt sich reetgras
betört taumelt das licht
von stamm zu stamm
am weg zwischen kossin und meinsdorf
sie hielten das blau ihrer quasten fest
dachten an das mittelmeer und
rieben so lange bis das blau zu sand wurde
hellem feinen sand wie unter zedernbäumen
der schwarze karren in der kapelle steht leer
getünchte wände riechen nach farbe
kein wasser um die leichen zu waschen
kein tuch um die toten zu decken
kein ausrufer für das kaddisch
im geviert aus feldstein und davidstern
hinter dem der weg in den wald führt
wo sie nach sonnenuntergang
die quasten verbargen
die kiefern tragen die erinnerung in ihren
köpfen der wind hat die
köpfe gebeugt
richtung ost
sand sand alles sand

das ephemere

bedeck die zeit mit dem vergessen
deinem sanften flügelschlag
der zitternden gebärde
mit der du auf der mirabelle sitzt
den rüssel tunkst ins süße
nass und neben admiral
aurorafalter und zitronenschmetterling
dich schwersaugst bis du voll bis obenhin

am rande trägst du weiße
streifen licht und schatten
an gezackten flügeln
die stehen hoch wie segel
die bereit sind für die fahrt zum horizont
segel auf einer streuobstwiese
schmutzige flügel voll
schwärze und staub

bedecke das vorübergehende
des sommers mit deinem gnädigen
vergessen birg unterm mantel jene
mirabellen die im gras vermodern
des herbstes flammen lodern bald
schon wieder auf verbrennen alle dinge die
dem vorübergehenden gehören
wie trauermäntel flügel schmetterlinge

das silberne jubiläum

wie war's so dunkel in dem wolf seinem leib
was fährst du auch in der nacht
angetrunken und in der allee
zwischen pappeln bin ich
aufgewachsen ich kann nichts
machen gegen das blätterrascheln
in meinem ohr
für unsereinen hilft nur eines
er zog die flasche unter dem
vordersitz hervor
danach ist ihm ganz anders geworden nie
war's so dunkel wie in des wolfes
leib diesen neunten november 1979
sagt er
ich weiß nicht wie der von der freiwilligen feuerwehr heißt der
mich befreit hat
ich weiß nicht mehr
wie sie mich fortschafften und
wie ich hinauskam aus dem dunklen
der bauchhöhle und
wie das geräusch ist
das der schneidbrenner
machte beim hungrigen beißen ins metall
meines wagens
der wolf verschlang
ein kätzchen
und ich bin
nach reanimation meiner herzlungenfunktion
auf die intensivstation gefahren
vor nun genau 25 jahren

der waldweg bei kossin

das gras steht wie haare
in die luft
und unter dem moos
träumen die pilze
nester baut das heidelbeerkraut
am stamm der birke hat sich
ein wildschwein gerieben
und in der suhle daneben ist es
gelegen
libellen fliegen lautlos durch
das unterholz
ein reh fraß an der
rinde der kiefer
zu schwache junge äste
versperren den weg
am wildwechsel blühen
die blauen wegwarten
der kleine see unweit des wegs ist ausgetrocknet
immerzu fliegen dort die libellen ins schilf
zu weichen weißen wattebällen werden
die gelben blüten der disteln
die sich sonnige stellen suchen
unter den birken unter denen auch
das gras wieder steht wie haare
in die luft

ludwig

diese lust am bauen
ist seine künstlerische disziplin
stell könig im frühling
einen stein hin vor den anderen
er klagt es sei der kopfschmerzen halber
deretwegen er läufer aufstellt

bauern diener türme
mal ein pferd davor dann eines dahinter
mit haaren so schön wie die von meiner cousine
sagt er diese lust am bauen ist es die
mich nicht loslässt seit ich sie
nicht bekam

erst wenn er verstorben sein wird
finden sie die wulstigen knoten die
verdickungen narben die
in der haut sitzen die das gehirn umschließt
o meningitis urgrund allen
kreativen seins

und seine hände zittern als er
wieder pläne sichtet und eine
strategie erstellt
die ein planspiel sein sollte und immer ernst wird
wozu er erzogen wurde
in so viel jahren so viel geld

zum fenster rausgeworfen
reine gewohnheit sagt er
und dass ich alleine war

ganz jung war ich
als meine amme verstarb
an gehirnhautentzündung

ich aß von den früchten des unglücks
in meinem infantengarten
und mein nacken knackt dass es
eine angst ist
und lust habe ich
nur beim bauen

wieder das zittern seiner hände
denn stark ist er nur bei seiner lust
und bei der starken
musik im ohr
die ganz alleine ihm gehört
wenn er unterwegs ist

die er mit kopfhörern
hört endlich ohne zittern
ohne den tinnitus
der ein rauschen ist
wenn er in der straßenbahn sitzt
und diese laute alte musik hört

reibung

schau dieser park ist hirngespinst
ist spinnennetz und du hast geglaubt er sei das
was du lang vermisst hast in
gedichten

unwohl ist dir jetzt wenn
in den schuhen
kiesel und kindheitslaute knirschen und
die augen wendest du dem oleander zu

du fragst dich wo du hingehörst denn
alles woran du jemals geglaubt hast
geht hier im schmuck der beete
verloren

schau wenn du in den park gehst geht der
park in dich hinein
du merkst wie sich die
ebenen überlappen

wenn gestern und jetzt
sich willig verbinden
der park tut alles damit du vergisst
nach draußen zu finden

inhalt

liedgut

geister

in der fremde

vogelzug

manien

genien

schlossgedichte

Die Arbeit an diesem Gedichtband wurde ermöglicht mit Unterstützung der Kunststiftung NRW, dank eines Stipendiums des Kultusministeriums Rheinland-Pfalz in Schloss Wiepersdorf und eines Arbeitsaufenthalts in der Villa Aurora in L.A.